E

LE PETIT LIVRE

à Quinze Sols.

AVIS.

L'abonnement est de 9 francs pour Paris, et de 11 francs pour les départemens, *franc de port.*

L'argent, les lettres et les paquets doivent être adressés, *francs de port*, au Bureau, rue des Bons-Enfans, n°. 23, *à Paris.*

On souscrit à PARIS:

Au BUREAU, rue des Bons-Enfans, n°. 23;

Et chez :

POULET, Imprimeur - Libraire, quai de Augustins, n°. 9 ;

PLANCHER, Libraire, rue Poupée, n°. 7 ;

DELAUNAY, Libraire, Palais-Royal ;

EYMERY, Libraire, rue Mazarine, n°. 30;

LE PETIT LIVRE

à Quinze Sols,

OU

LA POLITIQUE DE POCHE,

A L'USAGE DES GENS QUI NE SONT PAS RICHES;

Par le Père Michel,

Devenu Auteur sans le savoir.

wwwwwwwwwwwwwwwwwwwwww

7ᵉ. Tome.

wwwwwwwwwwwwwwwwww

PARIS,

DE L'IMPRIMERIE DE POULET,

QUAI DES AUGUSTINS, Nᵒ. 9.

wwwwwwwww

1818.

LE PETIT LIVRE

à *Quinze Sols.*

EXCELLENCE
DU RÉGIME CONSTITUTIONNEL.

—

Il n'y a que le pouvoir *constitutionnel* qui soit à l'abri des attaques audacieuses des factieux et des ambitieux.

Le pouvoir *constitutionnel* est réglé de manière qu'il ne peut en émaner un seul acte qui n'ait pour but et pour fin le bien général des citoyens.

Gouverner, administrer *constitutionnellement*, c'est rapporter toutes ses actions au bien général, c'est ne s'écarter en rien de la loi fondamentale, c'est se renfermer religieusement dans le cercle d'attributions qu'elle a tracé au pouvoir; en un mot, c'est se proposer en toutes choses le bonheur d'une nation, et le placer sous la garantie d'une immuable justice.

Il est facile de comprendre que sous un tel régime il ne peut y avoir que quelques malfaiteurs à comprimer; que les grands sont forcés d'être citoyens, quoique leur tendance irrésistible soit de s'élever, d'empiéter sur le pouvoir, de dominer arbitrairement, de dévorer la substance de l'état, et de soumettre le prince, aussi-bien que le peuple, à toutes leurs volontés.

Comme toutes les classes sont unies par un intérêt commun, comme il n'est personne qui ait à envier la faveur, la faveur étant inconnue là où règne la justice, comme tous les intérêts, toutes les vanités sont en repos

et n'ont point à se défendre contre
l'arbitraire ou le mépris insultant,
comme aucun homme n'a de droits per-
sonnels à exercer sur un autre, comme
toutes les actions ne sont soumises
qu'à la loi, personne ne souffre, n'est
mécontent ou irrité, personne n'a sa
fortune à attendre de son dévouement à
un autre homme, puisqu'aucun homme ne peut disposer des récompenses
selon ses caprices ou pour ses propres
intérêts, puisque la loi veille également
au maintien de tous les droits indivi-
duels ou publics, puisqu'elle contient
ou arrête sur-le-champ tout citoyen
qui voudrait s'en attribuer quelques-
uns d'exclusifs.

Sous un gouvernement vraiment
constitutionnel, chaque citoyen est content de son sort politique; et ceux que
l'ambition dévore sont réduits à l'impuissance de troubler l'état, soit en
attaquant le pouvoir où ceux qui l'exer-

cent, soit en attaquant la liberté publique, car il faut des forces pour attaquer; or, celles d'un homme ou de
quelques hommes conjurés ne sont rien
en elles-mêmes.

Un ambitieux est réduit à se consu-
mer en vains projets; il ne fait que des
complots inutiles, ridicules ou funestes
pour lui-même, s'il ne s'est assuré de
la coopération, du dévouement d'un
grand nombre d'individus pris dans le
peuple : et tous les grands d'un état se
fussent ils ligués contre son gouvernement, comme ils ne forment jamais
qu'une poignée d'individus incapables
de combattre, et de rien exécuter par
la force, moyen indispensable pour
arriver au succès, le gouvernement
n'aura point à les craindre, parce que
le peuple étant content et heureux,
il ne se trouvera que quelques êtres
corrompus qui se vendront à eux;
or ce n'est point avec quelques bandes

de gens méprisables qu'on parvient à bouleverser un état.

On peut attenter aux jours d'un prince, le frapper avec le poignard, comme Henri IV, mais ses assassins n'ayant aucun espoir d'échapper au dernier supplice, sous un régime vraiment *constitutionnel*, il ne se trouvera jamais de tels criminels que parmi des insensés et des fanatiques : étant évident qu'on n'attente aux jours des princes, que parce qu'on est assuré de l'impunité et des récompenses; or elles sont impossibles à espérer sous un régime *constitutionnel*.

En effet, il n'est pas un citoyen dont l'indignation ne soit soulevée par la nouvelle de l'attentat commis sur un prince qui a gouverné le peuple avec justice, qui l'a protégé contre les grands, sur un prince qui, au lieu de livrer à ceux-ci la fortune publique, ne l'a employée qu'à faire fleurir l'industrie, les arts, le commerce, qu'à récompenser le mérite et la vertu, qu'à secourir la classe indigente, qu'à faire respecter l'indépendance nationale ; or quel moyen, pour un scélérat, d'échapper au supplice que toute une nation approuve, lorsqu'une magistrature indépendante est armée du glaive, non pour servir les passions de quelques individus, mais pour frapper indistinctement, et sans égards pour les rangs, la naissance ou les richesses, tous les coupables, quels qu'ils soient.

Lorsque des conjurations se forment contre un prince, ce n'est guère que dans l'intérêt de ceux qui comptent régner sous le nom de celui qui lui succédera ; or quand le régime *constitutionnel* est bien établi, il est impossible qu'il se trouve des conjurés, puisque l'avènement d'un nouveau prince ne changerait rien à la forme et au régime de l'état, puisque sous l'un comme sous l'autre monarque, il n'y aurait point de place pour la faveur, pour l'arbitraire et l'ambition démesurée.

Le moyen le plus assuré que puisse avoir un prince de régner en paix, de rendre son trône ferme et inébranlable, est donc de gouverner *constitutionnellement* ; ce n'est donc pas dans les grands qu'il faut chercher un appui, mais uniquement dans un peuple heureux et régi par la justice ; ce qui a fait dire à *Machiavel*, bien long-temps avant que l'on ne se fût avisé de régler par des constitutions les formes, la législation et le gouvernement des états :

« Un prince n'aura jamais rien à craindre des grands, lorsqu'il aura le peuple pour lui.

» Un prince ne peut jamais régner contre le peuple à l'aide des grands. »

Considérons maintenant la position d'un gouvernement inconstitutionnel et arbitraire, nous n'aurons pas de longs raisonnemens à faire pour nous convaincre qu'il est d'autant plus faible, incertain, exposé, menacé et facile à renverser, qu'il s'éloigne plus du régime constitutionnel.

Qu'est-ce que la force individuelle d'un homme, pris isolément? Ce n'est réellement rien, à moins que, comme dans les temps d'ignorance et de barbarie, des croyances superstitieuses et des préjugés réputés sacrés, les peuples n'attribuent à cet homme ou une origine, ou des des droits divins, ce qui nous explique assez l'intérêt que les anciens despotes avaient à unir le trône à l'autel, et les concessions que tant de rois firent aux papes, par esprit de réciprocité.

On ne peut donc voir dans un despote et dans un monarque absolu, la force réelle: il faut la chercher, et on la trouve tout entière, hors de lui.

A Rome, la force de Néron était

dans ses gardes prétoriennes ; à Constantinople, elle est dans les janissaires;
au Caire, elle est dans les Mamelucks.

Dans les vieilles monarchies corrom-
pues de l'Europe, la force est dans l'armée, dans une législation oppressive,
dans l'intérêt personnel des agens du
pouvoir, dans l'influence des courtisans
et des prêtres sur l'opinion.

D'où il suit que si les princes absolus perdaient l'appui de l'armée, de
leurs agens, des courtisans et des prêtres, ils se trouveraient dans le même
abandon que le roi de Suède devenu
bourgeois de Bâle, ou que le roi d'Espagne relégué à Rome.

Il importe donc aux princes dont je
parle, de ménager ceux qui font toute
leur force ; ainsi ce n'est pas pour eux-
mêmes que ces princes exercent l'arbitraire, c'est uniquement au profit des
hommes ou des corporations dans la
dépendance nécessaire desquels ils se

trouvent, et il est évident que si ces individus, ces familles et ces corporations ne trouvaient pas leur avantage à les seconder, ils leur retireraient leur appui; il est évident encore, surtout d'après l'histoire de nos jours, que si ces soutiens, ces maîtres des princes absolus se trouvaient mieux d'un autre monarque, ils l'appelleraient au trône; et s'il fallait appuyer cette assertion par des exemples, je n'aurais d'autre embarras que celui du choix, car l'histoire en offre par milliers.

Sous une monarchie absolue le pouvoir et la personne du prince sont donc toujours exposés aux attaques des ambitieux; les grands sont donc réellement les maîtres, et le souverain lui-même n'est en réalité que leur instrument, ce que justifient assez les usurpations continuelles que le pouvoir royal a été obligé de supporter de la part des seigneurs dont il n'a pu triom-

pher qu'après des siècles , malgré l'affranchissement des communes.

Ce qui constitue réellement la puissance , c'est l'indépendance. Car le
pouvoir consiste dans la réalité et l'é-
tendue du commandement, et dans l'affranchissement de toute obéissance. Or
cet affranchissement n'existe point là ou
celui qui commande est forcé de soumettre ses ordres , et de calculer leurs
résultats dans le sens de l'intérêt des
individus , des corporations ou des familles qui font sa force, et sans lesquelles il ne serait plus qu'un homme
isolé.

Ainsi malgré toutes les apparences
du commandement qu'il exerce, le monarque absolu n'est lui-même très-
réellement que le sujet de ses premiers
sujets; et plus il devient tyran ou despote, plus il devient dépendant.

Je vais le prouver.

Que le grand-seigneur diminue la

paye de ses janissaires, qu'il veuille les réformer, ou qu'il entreprenne de les soumettre à la discipline européenne : les janissaires se soulèveront, le grand-seigneur sera déposé, ou même mis à mort, et son successeur ne sera élevé au trône que sous la condition de maintenir le pouvoir et les avantages de la milice du sérail, telle qu'elle existe, ce qui prouve qu'à Constantinople, ce n'est pas dans le sultan, mais dans le corps des janissaires qu'existe le pouvoir suprême, puisque dans celui-ci réside la volonté absolue, et dans celui-là la soumission forcée à cette volonté : puisque l'un est toujours dépendant, quoiqu'il donne les ordres de détail, tandis que l'autre n'obéit que volontairement, et à un régime qu'il a fixé lui-même, et qui est garanti par la force dont il est investi.

Si nous nous rapprochons des monarchies moins despotiques par la forme, nous verrons le souverain dans une égale dépendance, vis-à-vis des grands, des hauts agens de son pouvoir, et des prêtres.

Henri IV veut les contenir; il veut les forcer à n'être que ses sujets; il veut les soumettre à l'empire uniforme des lois; il oppose une barrière à l'ambition des agens et de la milice de Rome: des conjurations se forment, se renouvellent incessamment contre lui. Sa femme, sa maîtresse, ceux qu'il a comblés de faveurs en sont les artisans, et Ravaillac consomme enfin le crime que les Barrière, les Chatel n'avaient fait que tenter.

Louis XVI veut réformer les abus, devenus insupportables, de la monarchie aristocratique: ceux qui profitaient de ces abus, ceux qui vont être dépouillés du pouvoir exclusif qu'ils avaient usurpé, résisteront aux volontés de Louis XVI. Ils le poursuivront par leurs clameurs, par leurs invectives, par mille intrigues ; les uns se déclareront ses ennemis, et désireront sa perte, bien plus, ils y travailleront; les autres l'abandonneront à tous les dangers auxquels leur résistance l'aura exposé.

Ici, un souverain puissant sera tué à coups de bûche dans son appartement ; là, un roi bon, mais faible, sera forcé à abdiquer, pour expier les fautes et l'orgueil d'un ministre favori et oppresseur qui mécontenta les grands.

Dans tous les temps, dans tous les pays, on verra des grands se conjurer, fomenter la rébellion, et lever l'étendard contre les princes qui se seront livrés à eux, et plus particulièrement contre ceux qui leur auront sacrifié l'Etat, témoin Henri III, parce que la faim des ambitieux de cour est insatiable, parce que, comme le dit Sully, ils ressemblent à cet oiseau de la fable qui avait l'aile forte, et un appétit dévorant.

On verra toujours des grands se li-
guer contre les souverains qui place-
ront l'Etat à la cour, parce que chaque
faveur accordée aux grands ne fait qu'ir-
riter leur ambition : parce qu'ils ne
voyent jamais dans un bienfait, quelque
considérable qu'il soit, qu'un titre à en
exiger un nouveau, parce qu'ils ne con-
sidèrent point le pouvoir dont ils sont
investis comme une concession qui leur
est faite pour l'intérêt du monarque et
de l'empire, mais pour leur propre intérêt, ce qui fait que plus la puissance
s'augmente entre leurs mains, plus ils
deviennent exigeans, orgueilleux et redoutables pour leur bienfaiteur, qui s'é-
puise et se réduit même souvent pour
eux à la dernière faiblesse, sans pouvoir les contenter.

De là les ligues, les complots, les
attaques audacieuses, les conspirations
qui, après avoir ensanglanté les palais
réduisent les peuples à l'asservissement

et à l'abjection, où les forcent à ces terribles soulèvemens qui ravagent tout, et à la suite desquels le sol de la patrie est couvert de ruines, de cendres et d'ossemens humains, et surtout de corruption, de haines et de vengeances.

Je m'arrête, certain d'avoir démontré jusqu'à l'évidence que les souverains ne peuvent avoir d'appuis inébranlables, d'amis fidèles, de sujets soumis et reconnaissans que dans les peuples qu'ils ont rendus heureux, et qui le sont toujours quand ils sont suffisamment protégés contre l'ambition, la voracité, l'oppression et l'arrogance des grands.

Je suis certain d'avoir démontré qu'il ne peut plus y avoir désormais de stabilité et de durée dans les gouvernemens, hors d'un régime *entièrement constitutionnel*, et qu'il n'est point d'aveuglement plus funeste pour les princes, que celui de croire que leurs amis sont à la cour, étant vrai que c'est là seulement qu'ils peuvent avoir des ennemis qui seront toujours d'autant plus redoutables que le gouvenement fera plus pour eux et les comblera de plus de biens et de puissance.

Je finirai par une citation historique qui confirmera ce que je viens de dire.

Aussitôt que le bon Henri eut les yeux fermés, le conseil ne fut plus qu'un foyer de brigues et de cabales; où l'on s'écria : « Le temps des rois » est passé, celui des grands est ve-»nu ..... » C'était s'avouer hautement en état de complicité avec Ravaillac.... en état de guerre permanente avec le peuple.

Quelle leçon pour les princes! Henry ne put se faire aimer de ses courtisans, bien plus, il ne put échapper à leur haine et au poignard !! Henri III, quelques années auparavant, était aussi tombé sous le fer remis par ses premiers sujets à un assassin (1) , dont la cour de Rome fit l'apothéose ! ! ! !

Mais revenons à la régence de la veuve de Henri.

De toutes parts les brouilleries éclatèrent entre les grands, parce qu'il est impossible que des hommes dévorés d'ambition, et dont l'avidité est insatiable, ne deviennent pas ennemis au moment du partage.

Les scènes les plus scandaleuses, les reproches amers, les injures sanglantes, les éclats de mille haines se multiplièrent de toutes parts. De la cour qui en fut le premier théâtre, les jalousies, les moyens bas et criminels passèrent dans les provinces et jusqu'au village.

---

(1) La belle princesse de Montpensier enivra l'assassin par ses faveurs avant de le lancer contre le roi ! ! !

Les levains les plus pernicieux déve-
loppés d'abord entre les personnes des
plus hauts rangs, au sujet des grâces
et des grandes faveurs, firent bientôt le
plus terrible ravage, au sujet des intérêts et des places d'un ordre inférieur.
La confusion, la mauvaise foi, l'injustice, tous les maux qui naissent du mépris de la subordination, amenèrent
un bouleversement général dans le
royaume.

Le lendemain de la mort d'Henri IV
on n'agita plus dans le conseil que les
dons à faire aux grands, la création et
l'augmentation des pensions, la création
de nouvelles places, les exceptions et
priviléges, en un mot, tous les moyens
de dépouiller et d'opprimer les peuples, en ruinant l'état pour l'avantage
de quelques familles. (Je cite Sully lui-
même).

Pour se faire une idée des proscriptions
et des persécutions, qu'on apprenne

encore de ce grand ministre qu'il fut
agité dans le conseil de lui faire son procès, et qu'on exigea qu'il se défît de ses
places.

Voilà les grands. La barrière est-elle
rompue? ils fondent sur le peuple
comme les animaux carnassiers sur leur
proie ; ils troublent l'état dans toutes
ses parties, ils gâtent et corrompent
tout ce qu'ils ne détruisent pas : le nom
du prince n'est pour eux qu'un masque,
son pouvoir passe en leurs mains ; il
faut qu'il se réduise à n'être que leur
instrument, ou ils le poursuivront par
les cabales, les ligues, les complots, les
machinations, jusqu'à ce qu'il se soit
soumis ; résiste-t-il de front ? malheur à lui s'il n'a pas le peuple pour
soutien.... !

Croit-on qu'Henri IV eût été poursuivi par les assassins stipendiés des Jésuites et des courtisans, s'il eût régné sur
une monarchie constitutionnelle, s'il

eût existé une chambre de députés
fidèles au mandat du peuple, et libre-
ment élue? Henri et Sully purifiaient
les hommes et ne les corrompaient
pas ?

Sous une monarchie constitutionnelle, les ambitions qui ordonnèrent
l'assassinat de Henry eussent été sans
objet, car elles eussent été sans
moyens et même sans espérance de
succès.

Je me résume : les princes absolus,
comme les peuples, ne peuvent pas
avoir de plus redoutables ou de plus
cruels ennemis que les grands qui ont
rompu le frein.

Les princes absolus doivent songer
à leur propre sûreté, lorsque les grands
parlent d'eux hautement avec dédain,
ou lorsqu'ils ne dissimulent pas leur
irritation.

On ne citerait pas dans l'histoire un
seul exemple d'un prince absolu qui

ait recouvré et conservé l'affection des grands après l'avoir perdue; et parmi les monarques qu'a honorés la postérité, en est-il un qui n'ait pas eu les grands pour ennemis?

Les peuples, au contraire, même au sein du mécontentement, sont appaisés tout-à-coup par un acte éclatant de justice, et il ne faut que les protéger pour recouvrer toute leur affection, pour ranimer leur enthousiasme, même après qu'ils ont été long-temps opprimés.

La monarchie absolue sous l'influence des grands, n'est donc en réalité qu'une anarchie aristocratique; elle offre donc le pire des gouvernemens, celui sous lequel il n'y a ni sûreté, ni repos pour personne, ni même autorité et indépendance pour les princes.

Qu'on voie si j'en reviens sans cesse à l'excellence du régime constitutionnel, par esprit de parti ou de démagogie, comme il est passé en mode de le dire, chez ceux qui ne respirent qu'arbitraire, et qui trouvent plus commode de répondre par des sophismes, par des accusations violentes, ou par des injures aussi grossières qu'absurdes, que de répondre par des raisons solides.

Les phraseurs brévetés s'éleveront sans doute contre mes principes, mais s'il leur reste encore quelque pudeur, qu'ils aient au moins la précaution d'invoquer, comme moi, les témoignages de l'histoire, ne fût-ce que de celle qui a été écrite par les ordres, et dans l'intérêt des grands et du despotisme; car il n'y a que l'histoire qui puisse prononcer dans de tels différens, et on n'a jamais raison si l'on n'est d'accord avec elle.

M. S. S.

LES SIGNALEMENS.

Je vais répondre, autant qu'il est en moi, aux desirs que plusieurs correspondans du *bonhomme Michel* lui ont exprimés de le voir donner suite aux *signalemens* qu'il avait commencés.

Je sens comme eux qu'à l'approche des élections les signalemens peuvent être utiles : car ils peuvent servir à fixer sur les hommes les jugemens qui auraient du vague ou de l'incertitude : des caractères franchement tracés formant, en pareille circonstance, une échelle de comparaison qui peut aider à se procurer la mesure vraie des partis et des prétendans.

Je publierai donc successivement les

signalemens que mes nombreux correspondans m'ont depuis long-temps
fournis. On y lira le bien et le mal, et
comme j'ai la précaution de supprimer
les noms propres de ceux qui ont servi
de modèles aux peintres accusateurs,
j'espère que je trouverai grâce devant
ceux qui ont pris l'habitude de trans-
former en calomnies une foule de vérités de la plus haute importance, et
qu'on ne peut nier plus que la lumière
du soleil.

Des vrais Royalistes.

Je chercherai les modèles des vrais
royalistes parmi les amis et les braves
compagnons de Henry, parmi ceux à
la tête desquels on a placé Sully, par-

mi ces vieux Français qui, comme lui,
furent fidèles à leur pays et à leur
prince, et qui ne les servirent pas avec
moins de dévouement à Suréna et à
l'assemblée de Rouen, qu'à Arques et
à Ivry ; parmi ceux, enfin, qui par-
donnèrent et oublièrent comme Henry,
le jour même où il eut recouvré sa cou-
ronne.

Ces hommes honorés par leur siècle, et encore plus par la postérité,
n'aimèrent pas leur prince comme le
maître absolu des Français, mais comme le père, le protecteur, et le consolateur de tous ses sujets sans dis-
tinction. Les amis de Henry furent des
patriotes royalistes; ils ne se mettaient
pas à l'abri dans les jours de bataille ;
ils combattaient et recevaient d'hono-
rables blessures aux côtés de Henri ;
ils vivaient dans les privations et les fa-
tigues des camps ; ils vendaient leur

patrimoine ou contractaient des enga-
gemens pour faire face aux dépenses
de la guerre; ils ne se paraient point
des services qu'ils n'avaient pas rendus;
ils attendaient les faveurs, et ne fixaient
pas eux-mêmes l'échelle de leurs mérites,
ou s'il leur arrivait de les mettre sous
les yeux du roi, ils ne le faisaient qu'en
s'appuyant du témoignage de l'armée
et de la France, qui n'auraient pu dé-
mentir leurs hauts faits (r).

Les royalistes parmi lesquels se fit
remarquer Sully, ne se vendirent ni à
l'Espagne, ni à la Savoie, ni à l'ambitieuse Rome; ils ne se prostituèrent
point au chef de la ligue, ils n'inven-
tèrent point le singulier et étrange mérite de la trahison, ni du parjure bien

---

(r) En ce tems, les poltrons n'auraient
pas osé insulter et mépriser les braves.

payé, par celui même qui en est la victime.

Tant qu'il y eut à combattre pour le roi, ils prirent le titre de *royalistes*, et s'honorèrent par leur courage et leur désintéressement ; mais lorsque la paix fut faite, lorsque les rênes de l'état furent dans les mains du bon prince, ils ne cherchèrent point à les lui arracher ; ils regardèrent comme le premier et le plus sacré de leurs devoirs d'obéir aux lois et de montrer l'exemple du respect et de la soumission envers le bienfaisant et sage monarque.

Ils entendirent sa voix lorsqu'il leur interdit tout autre titre que celui de Français et de sujets fidèles, et ils n'entretinrent point le désordre en perpétuant à leur profit la dénomination de *royaliste*, et celle de *ligueur* pour se faire un titre de haine et de persécution contre leurs frères.

Ainsi ce serait une injustice de contester le titre de royalistes à ceux qui, de nos jours, combattirent dans la vieille Vendée avec autant d'humanité que de désintéressement, pour la royauté contre la république.

Il est certain même que si la république se fût consolidée, la France et l'histoire eussent honoré le nom de ce *Bonchamp* qui, au passage de la Loire, couvert de blessures et prêt d'expirer, apprenant qu'on voulait égorger 4,000 prisonniers républicains, se fit porter sur le terrein, et déclara à ceux qui voulaient les massacrer, qu'il périrait avec eux si sa voix était impuissante.

Au sein même des fureurs de la guerre civile, on ne peut se refuser à admirer dans son ennemi la fermeté, l'honneur et le dévouement à la cause de l'humanité.

Si nous ne sommes plus en révolution, si personne ne conteste que la monarchie ne soit le seul gouvernement possible aujourd'hui en France ; s'il n'existe aucune faction républicaine ; si les anciens républicains eux-mêmes, si ceux qui l'étaient de la meilleure foi, et avec le plus de zèle, sont devenus *monarchistes constitutionnels* par réflexion , que signifie le titre de *royaliste?*

Je n'ai point ouï dire qu'il y eût des royalistes sous Louis XIV et sous Louis XV ; mais pourquoi n'y en avait-il point ? C'est parce qu'à ces époques il n'y avait point de faction qui eût intérêt à se qualifier ainsi pour avancer ses projets secrets, pour exercer des proscriptions, des vengeances, des spoliations......

C'est qu'alors l'aristocratie dominait partout, c'est qu'elle avait la jouissance exclusive de toutes les places, de tous

les honneurs ; c'est qu'elle régnait véritablement sur le peuple par droit de
naissance, sous l'ombre du trône, dont
pourtant elle n'était pas l'amie, et encore moins le soutien ; comme la révolution l'a assez prouvé.

L'aristocratie, ennemie née du peuple, fut toujours la rivale la plus dangereuse des rois ; avec elle, il n'y a ni
paix ni trève à attendre, au moins en
France, de la part de tout prince qui
ne lui sacrifie pas la nation et le trésor.

Des soi-disant Royalistes.

Quel droit ont donc jamais pu avoir
au titre de *royalistes* ces hommes qui
ont abandonné et Louis XVI dans le
danger, et Louis XVIII dans son
exil, ou qui ont sacrifié la monarchie

à l'intérêt de leur propre ambition, et qui, se voyant forcés de partager avec le peuple un pouvoir qu'ils avaient usurpé sur lui, ont ébranlé l'édifice monarchique par leurs imprudentes attaques, ou par une résistance obstinée à un nouveau système dans lequel ils étaient néanmoins conservés comme les premiers citoyens?

Ces hommes qui se sont maintenus aux Tuileries et dans les places, sous tous les maîtres qu'a eus la France, depuis 1792; ceux qui ont adoré tous les faux dieux de la révolution; ces prétendus *fidèles* d'aujourd'hui qui ont divinisé Napoléon et se sont prosternés devant lui, la face contre terre, tendant la main pour recevoir ou la rosée de ses grâces, ou le prix de leurs bassesses et de leurs délations; ceux qui louèrent, même au retour de Moscou, et sa gloire, et sa touchante sensibilité; ceux qui le harcelèrent pour obtenir d'entrer dans sa domesticité brodée, ou pour faire admettre leurs fils dans ses armées conquérantes, osent-ils prendre le titre de *royalistes ?*

A-t-on acquis ce titre en se prostituant à la police de Napoléon, en lui prêtant serment durant les cent jours, en acceptant le dernier article des actes additionnels, en publiant les proclamations du golfe Juan et de Lyon, en ordonnant des réjouissances pour le retour de Napoléon, après avoir fait, pour lui, chaque année, comme administrateur, la traite des blancs, après avoir brigué l'honneur de porter au pied du trône impérial des adresses dégoûtantes de flatterie, et après s'être fait réennoblir et doter ?

Nommera-t-on des *royalistes* ceux qui, après la bataille de Waterloo, accoururent dans les quartiers de plaisance des *chouans*, ceux qui se sont faits les accusateurs violens du prince

qui n'a pas voulu anéantir la loi fondamentale de l'état, et rétablir la vieille
monarchie aristocratique?

Que serait-ce donc, grand Dieu! si
l'on scrutait la conduite de ces hommes du Midi et de Lyon qu'il est défendu d'accuser, comme le prouve
assez la condamnation du *Petit Livre?*

Que serait-ce, si l'on comparait à
eux-mêmes ces innombrables prédica-
teurs et orateurs qui, du haut de la
chaire et de la tribune, louèrent
Napoléon comme le chef-d'œuvre de
la Providence, ces écrivains qui en
firent un demi-dieu, et ces prétendus
preux d'aujourd'hui dont tout le courage s'exhala au coin du feu, ou sur un
sopha, en vaines déclamations, en
commérages, en plans, et en menaces
ridicules?

NOTE
SUR MADAME DE LAVALETTE.

Chapitre à ajouter au Livre du Mérite des Femmes.

MADAME de Lavalette, née de Mon-tier, a obtenu la permission, pour elle et trois de ses enfans, dont le plus jeune est à peine sevré, d'aller se renfermer à Pierre Chatel, où, depuis plus de deux mois, elle partage volontairement la captivité de son mari. Cette dame, avant son départ, avait placé ses trois autres enfans dans diverses maisons d'éducation; car, quoique jeune, puis-qu'elle n'a que 28 ans, madame de Lavalette est déjà mère d'une famille nombreuse.

Tout le monde sait que M. de Lavalette, ancien receveur-général du département des Basses-Alpes, qui sauva sa caisse des mains de Bonaparte, après le débarquement de Cannes, et dont la probité religieuse méritait un meilleur sort, a été condamné au bannissement dans les premières affaires de Lyon; mais on ne sait pas que ce bannissement fut commué d'abord en une détention au château d'If, rocher isolé au milieu de la mer, et qu'il l'a été finalement en une détention à Pierre Chatel, grâces aux bontés des ministres et aux démarches constantes de madame de Lavalette, appuyée des pressantes sollicitations de plusieurs députés libéraux.

Séparée de son mari, madame de Lavalette fut représentée, à son tour, comme une femme dangereuse. Arrêtée d'abord, et détenue au secret le plus rigoureux, elle fut ensuite placée dans la maison de santé du docteur

Puzin. Là, vingt gendarmes vinrent la prendre à deux heures du matin, dans un état de souffrance et de maladie qui demandait peut-être plus de ménagement, et rendait tout au moins ridicule un si grand appareil, pour la conduire à Lyon, où elle fut acquittée, par jugement de la cour prévôtale.

Aujourd'hui cette jeune femme, que les auteurs des troubles du Midi ont si cruellement calomniée, et sur le compte de laquelle ils ont si long-temps cherché à alarmer le gouvernement, s'est consacrée tout entière à ses devoirs et au soin de consoler son époux malheureux. Quel démenti pour ses ennemis, et en même temps quel exemple pour son sexe ! Mais, que dis-je ? son sexe n'en avait pas besoin ; et qui ne sait pas tous les traits de dévouement et de grandeur d'âme par lesquels les femmes se sont distinguées dans le cours de nos sanglantes révolutions !

J'ai droit d'espérer que mes lecteurs me sauront gré de cette note sur madame de Lavalette, et avec d'autant plus de raison que je suis le premier à lui payer mon tribut d'admiration. Que les journaux aient gardé le silence, cela se conçoit; ne faut-il pas qu'ils comptent tous les orages, tous les grêlons et toutes les gouttes de pluie qui tombent sur nos champs ! Mais *la Minerve* et tous les ouvrages qui ne sont pas soumis à la censure ! il n'est pas permis de leur pardonner. Or, je le dis avec franchise, si l'hermite-voyageur ne s'arrête un instant aux lieux que les tours de Pierre-Chatel attristent de leur ombre, s'il ne paie son tribut à l'aimable prisonnière, à la jeune mère de famille, à l'épouse tendre et dévouée, je le déclare à jamais insensible, et digne de tout le courroux d'un sexe qu'il a tant aimé

EXEMPLES SALUTAIRES.

Hommes de bien qu'on abusa par tant de fausses lueurs, vous qu'on séduisit par votre propre sensibilité, par votre amour de la justice, par votre respect pour la religion, et par la parole d'honneur ou les sermens qu'on obtint de vous, par l'horreur qu'inspirent naturellement les révolutions et les massacres, que faites-vous au milieu d'une pareille foule ? Que signifia de se nommer *royaliste*, lorsque personne n'attaque la *royauté* ?

Lorsqu'il n'y a que des Français qui veulent se reposer dans la monarchie constitutionnelle, et quin'ont pas moins d'effroi que vous des révolutions, pourquoi demeurez-vous les alliés de ceux dont les intrigues et les complots, dont les coupables menées entretiennent nos agitations ? comment êtes-vous dans les rangs de ceux qui appellent de tous leurs vœux, qui provoquent de tous leurs efforts de nouveaux boule- versemens, parce que de là seulement les insensés espèrent un triomphe pour leur orgueil et pour leur am- bition?

Ceux qui vous ont promis tant de merveilles, ont-ils pu poser même la première pierre de ce vieil et gothique édifice qu'ils prétendent refaire à neuf, avec des débris mutilés, usés de vétus- té, et dont on en montrerait qui sor- tent de la sentine, ou qui ont roulé dans les courans de tous les égouts.

L'Espagne et la Hesse ont relevé leurs anciennes pagodes ;..... demandez aux Espagnols et aux Hessois s'ils sont heureux : et à ceux qui les gouvernent, s'ils comptent mourir en paix dans le le système qu'ils ont adopté : lisez ce qui suit dans le *Morning-Chronicle* du 13 avril de cette année.

« Le Seigneur *Ostoloza*, confesseur de l'infant don Carlos, et déjà banni de Madrid en 1815, vient d'être renfermé dans le couvent de Batuecas, avec le tiers de son revenu.

» Pendant un temps *Ostoloza* jouit de toute la confiance du roi, dont il fut le consolateur dans sa captivité de Valençai ; il fut le plus mortel ennemi des *Cortez*, et le plus ardent partisan du rétablissement de l'inquisition ». *Ostoloza* est devenu l'une des premières victimes du despotisme qu'il contribua à relever..... »

Qu'on n'accuse pas la justice du ciel; elle est lente quelquefois, mais elle est inévitable. Le despotisme ressemble au dieu du temps, il dévore toujours ses propres enfans. Allez à Alger pour vous en convaincre.

Aveugles que vous êtes, qu'espérez-vous encore réaliser de tous ces rêves dont on vous a farci l'esprit?

„Si vous deveniez les maîtres du sol d'Athènes, pourriez-vous y relever les beaux monumens qu'y fonda le siècle de *Périclès* (1) ? Ce que le temps a usé ou détruit, la main d'aucun homme ne le rétablira jamais ; et les Européens du dix-neuvième siècle ne seront pas, quoi qu'on fasse, ceux du douzième. (Dieu merci pour l'humanité!)

Au lieu de chercher à barrer un torrent dont rien ne peut plus arrêter le cours, prenez exemple sur l'empereur du Nord, entendez-le recommander aux Polonais la pratique et le respect des *principes constitutionnels, des institutions libérales, qui n'ont cessé,* dit-il,

---

(1) « Il ne faut jamais songer à refaire ce qui vient de tomber par vétusté ou sous les coups de la violence, étant évident qu'avec les mêmes matériaux on ne peut jamais reconstruire le même édifice. » C'est ainsi que parlait ce Machiavel tant signalé comme le guide des despotes.

de faire l'objet de sa sollicitude, et dont il espère étendre la salutaire influence sur toutes les contrées que la providence a confiées à ses soins.

Entendez-le invoquer l'amour et l'intérêt de la *patrie*, et nommer les *dé-putés* de la Pologne, ses *représentans*, *ses premiers fonctionnaires*, *les engager à prouver au monde que les institutions libérales ne sont point un prestige dan-gereux* !

Rappelez-vous ce que le dernier roi de Suède disait à son héritier, peu de temps avant sa mort.

« Mon petit-fils.... je me bornerai à te rappeler que tu seras un jour le chef de deux peuples libres. Montre-leur, en respectant leurs droits, de quelle ma-nière tu veux qu'ils respectent les tiens. C'est l'équilibre constant entre ces droits qui produit l'ordre et la force dans les états libres ».

Ce qui doit se paraphraser ainsi :

« Les droits des souverains sont tellement assis sur ceux des peuples, qu'ils
se conservent ou périssent ensemble, et
que la violation des uns ou des autres
précipite l'état dans le cahos de l'anarchie ».

Un autre roi du même pays, adressait ces mots, en 1771, au sénat : « Je
regarderai comme ennemis de ma personne et du royaume, et comme traî-
tres à la patrie, ceux qui, secrètement
ou ouvertement, et sous quelque prétexte que ce pût être, chercheraient à
rappeler une autorité sans bornes »...

Quelles leçons les monarques eux-
mêmes vous donnent ! et c'est du Nord
c'est des descendans de ceux qui ap-
portèrent jadis la barbarie dans les
Gaules, que nous viennent aujourd'hui
les exemples les plus éclatans de l'esprit
et des principes de la liberté ! Et ce
serait en France, au dix-neuvième
siècle, dans ce beau pays qui n'a que

trop excité l'envie des étrangers, qu'on voudrait rétablir l'odieuse et dégradante aristocratie des siècles qui déshonorent l'humanité !!!

Hommes de bien à qui je m'adresse, croyez-vous que les agitateurs, dont vous faites la force morale, se mettent jamais en peine de votre sort? Que leur importe votre bien-être, votre conservation? Ils vous sacrifieraient d'un seul coup, si le sacrifice était le gage de leur triomphe.

Lisez l'histoire, si vous ne m'en croyez pas; elle vous apprendra que dans tous les temps les grands ambitieux regardèrent comme une vile matière tous ceux qui se mirent sous leurs bannières, et qu'aux jours des succès, c'est-à-dire au jour qu'ils crurent n'avoir plus besoin de la foule, ils la dédaignèrent, et cherchèrent à s'en débarrasser comme d'un fardeau insoutenable; bien plus, qu'ils écrasèrent d'un joug plus pesant ceux qui avaient plus de droits à leur reconnaissance.

Hommes des campagnes et de la classe mitoyenne, seriez-vous assez stupides pour imaginer qu'on vous traiterait mieux le jour du triomphe de l'aristo-cratie despotique que sous l'empire de la charte, pour croire qu'on vous chan-gerait de condition, qu'on ferait votre fortune, qu'on vous ferait grands et puissans ?

Vous qui abandonnâtes vos champs, vos atteliers, vos affaires, pour vous enrôler dans toutes ces insurrections qui n'ont eu de résultat que l'inutile effusion du sang, que l'affaiblissement de la France, la discorde et la démo-ralisation des pays insurgés, dites-moi donc quelle part vous eûtes jamais dans les avantages des pacifications ?

Paysan, ouvrier, tu seras toujours paysan et ouvrier ; petit bourgeois, tu auras beau t'enfler, tu monter sur des échasses, tu seras toujours refoulé vers les bas lieux, par le grand, ou le prétendu grand qui t'aura carressé lorsqu'il avait besoin de toi : si tu ne veux pas m'en croire, interroge le passé : sa voix est celle de la vérité.

Dans la conquête du monde, il y aurait des chances de gloire, et surtout de fortune. Dans la conquête de l'aristocratie, il n'y a point même de petites parts à faire, et par conséquent à espérer.

Quelques familles s'emparant de tout: misère, esclavage, abjection, faisant sous ce régime, le partage de la population tout entière. Point de domaines à partager, un trésor épuisé : voilà le tableau.

Bonnes gens à qui je parle, montrez-moi donc là où serait votre part?

Comptez-vous sur des places? mais peut-il y en avoir pour tout le monde, et ne faudra-t-il pas même incessamment, par suite de la misère publique et de l'accroissement de la dette, et surtout pour mettre un frein à la cupidité, pour faire revivre l'honneur, et mettre fin à une honteuse vénalité, ne faudra-t-il pas réduire le nombre des places, ou supprimer la plus grande partie des appointemens?

Puissiez-vous entendre le *Bonhomme Michel*, mes amis ; il ne cherche point à vous séduire, à enflammer votre imagination, à flatter vos passions : il ne vous dit pas, comme ceux qu'il vient de vous signaler : « Suivez-moi, je me charge de votre fortune». Il vous avertit, il en appelle à votre raison, à votre sang-froid; il vous dit : « Regardez de près ceux qui vous abusent, ceux qui, jusqu'à ce jour, vous ont fait mouvoir comme des marionnettes ; comparez le but de leurs intérêts, et le but des vôtres ; voyez s'il peut exister entre eux et vous d'autres rapports que ceux de l'orgueil et de la soumission, du despotisme et de l'esclavage. »

Ah ! mes bons amis , qu'il est pressant que nous nous entendions , que nous nous prenions par la main , après nous être embrassés, que nous serrions nos rangs pour offrir un front national à tant d'ennemis qui nous dépouillent qui nous traitent avec mépris , et qui viendraient solliciter notre amitié , qui craindraient de nous blesser , de nous contrarier, même dans les plus petites choses, si nous étions unis, si le foyer de l'aristocratie anti-constitutionnelle et les ambitions de courtisans était éteint.

Or il s'éteindra le jour que vous les abandonnerez à eux-mêmes, car ils ne sont forts que de votre aveugle alliance ; ces gens-là ne savent point combattre , ils ne savent qu'intriguer , que promener le flambeau des discordes, et se montrer en maîtres le jour du partage,

N'est-il pas vrai qu'en vous nommant *royalistes*, vous entendez vous distinguer de ceux auxquels vous refusez ce nom, et que vous les outragez par cela seul ?

N'est-il pas vrai que cette qualification suffit pour entretenir la division des esprits, des intérêts, et qu'elle alimente sans cesse le foyer de nos dissentions ?

Si vous voyez une armée se lever contre le trône, et déployer l'étendard de la rébellion, courez, sous le nom de royalistes, à la défense de votre prince; nul ne vous blâmera du nom que vous prendrez alors. Mais aujourd'hui que peut signifier ce prétendu titre, qu'aucune loi n'a institué ni reconnu, si ce n'est que vous êtes aux ordres des chefs d'une faction qui se dit royaliste et qui n'est que révolutionnaire; car être *révolutionnaire*, c'est travailler à bouleverser le système du gouvernement sous lequel on vit ?

Je ne vois ni dans les lois, ni dans les ordonnances, ni dans les actes pu-

blics, ni dans les traités, qu'on recon-
naisse, qu'on admette en France d'autre qualification que celle de Français,
de citoyens égaux pour payer les char-
ges intérieures et extérieures de l'Etat.
Je ne vois qu'un prince et des sujets.
Qu'est-ce donc qu'un royaliste par titre
spécial, si ce n'est un factieux?

Que signifierait donc cette étrange
expression « il faut *royaliser la France* »,
si ce n'est « il faut la soumettre à quelques familles ? »

Si la royauté *constitutionnelle* (1) est
dans le corps de l'Etat, comme la
tête au corps humain, (ce que nul
ne niera) si la royauté dépend de chacune des parties du corps social, comme chacune des parties dépend d'elle,

_____

(1) La royauté *absolue* ou aristocratique
ne pouvant plus être pour la France qu'une
tyrannie insupportable, je ne parle jamais
que de la royauté constitutionnelle, quand je
défends le trône.

que veut-on dire avec cette étrange expression, « royaliser la nation? »

Que veut la faction de l'aristocratie despotique ? attirer à elle la nourriture et la force de toutes les parties du corps de l'État, et celles de la tête elle-même.

Mais quel est l'individu qui pourrait exister si la poitrine ou le ventre absorbaient, à eux seuls, tous les principes nutritifs ? le reste ne tomberait-il pas à néant ? et si le reste était privé de vie, le corps tout entier ne périrait-il pas?

Laissons là les mots vides de sens, le charlatanisme des discours, la vaine pompe des absurdités colorées par l'éloquence, et disons « que c'est aux intérêts du ministère, aux intérêts de l'aristocratie de se combiner constitutionnellement, de se mettre en équilibre avec ceux de la masse nationale, et avec ceux de la royauté. » La bonne foi, la vérité et la sagesse n'avoueront jamais d'autre langage.

Enfin, mes bons amis, dites-moi
quel espoir de succès vous pouvez avoir
dans une faction vieillie et usée qui,
avec cent fois plus de forces morales,
physiques et politiques qu'elle n'en a
aujourd'hui, succomba, au commence-
ment de la révolution, et lorsqu'il est
vrai de dire que la masse nationale et
patriote s'est renforcée de cent pour un?

Dans l'Assemblée constituante, et,
avant cette époque, les hommes à talent fourmillaient du côté de l'aristocratie : aujourd'hui nommez-moi donc
vos hommes de génie, vos orateurs,
vos écrivains ?

Ouvrez les yeux autour de vous, à
Paris, dans les provinces : comptez l'é-
nergie, l'expérience, les écrivains, les
orateurs, les hommes habiles en haute
politique et en administration; vous
serez effrayés du vide qu'offre, sous ce
rapport, le parti auquel vous êtes at-
tachés, et vous le serez bien plus en-

core, lorsque vous compterez les forces
morales et physiques qui se trouvent
dans la masse nationale, dans cette
masse dont toutes les parties, long-
temps discordantes, tendent tellement
aujourd'hui à s'unir en un tout indis-
soluble, qu'il ne faut pas même une se-
cousse politique pour opérer cette heu-
reuse union, que nos longs malheurs
ont préparée et ne tarderont pas à ci-
menter pour toujours.

PEURS PANIQUES.

JE vais donner aux peureux quelque sujet de se rassurer. J'emprunterai le secours de l'histoire, parce que c'est le témoin irréprochable, le juge impartial, le miroir de la vérité.

J'ai le dessein d'appliquer ce qui suit à la troisième *peur panique*, pag. 6 du tome V. Je prie donc mes lecteurs de vouloir bien jeter les yeux sur cette page.

Rien de violent n'est durable.

Je suis loin de croire que les puissances veuillent violer les conventions que la France a acquittées exactement, quoiqu'elles fussent si étrangement onéreuses et humiliantes. L'Empereur du Nord, en invoquant la patrie et la liberté, en se déclarant le défenseur des idées généreuses et libérales, en se mêlant avec les représentans de la Pologne, nous garantit assez que nous n'aurons point à combattre pour notre indépendance ; car, qui oserait l'attaquer sans le secours d'Alexandre ?

D'ailleurs il est plus d'une puissance qui s'est enfin aperçue que tous les maux faits à la France retomberaient nécessairement sur leurs auteurs ; que la France ne peut périr, ni être soumise ou démembrée, et que le repos, la conservation du système social de l'Europe, tiennent au rétablissement entier, non seulement de l'indépendance, mais de la force, de la puissance, de la paix intérieure et de la prospérité de la France.

Je développerai plus tard les intérêts

réciproques des trônes et des nations au sujet de la France; je m'arrête donc.

Cependant il y a parmi nous tant de gens qui ont été abusés par les jongleurs politiques ; ceux qui désirent que nous devenions *aussi bons Français que les Suisses du colonel d'Affry*, ont tellement accrédité l'épouvante au sujet de la colère des coalisés, au sujet de la nécessité do prolonger leur séjour en France ; l'énergumène parlementaire de Londres a tant d'alliés parmi les Français , et ces alliés ont un si grand intérêt à entretenir la peur dans les esprits, que j'ai cru utile de les rassurer, et de prouver à ceux qui réfléchissent, que la liberté ne peut périr, qu'elle le peut même moins que jamais, et qu'il n'est aucune espèce de violence qui n'ait un terme.

Dans tous les temps, les conquérans, que nous plaçons ; quels qu'ils

soient, passés ou présens, et sans hé-
siter, au premier rang parmi les plus
horribles monstres que puisse offrir
l'espèce humaine; les conquérans qui
abusèrent de la force pour satisfaire
leur orgueil ou leur cupidité, trouvè-
rent toujours leur propre ruine dans
ce que leurs flatteurs nommèrent leur
gloire et leurs succès. On les vit toujours, enivrés de leur triomphe d'un
jour, tomber sous les ruines de leur
passagère grandeur, ou léguer à leurs
successeurs et au monde, des malheurs sans mesure.

Ainsi le veut le souverain maître
de toutes choses. Toute puissance qui
ne se fonde que sur la violence et l'i-
niquité, n'aura qu'une courte durée.
Elle effraiera, elle ensanglantera la
terre; mais tour à tour victorieuse et
vaincue, elle ne fera que passer.

L'empire d'Alexandre finit avec
lui; celui des Césars et de Charle-

magne devint la proie des Barbares.
Cette ambitieuse monarchie des Char-
les-Quint et des Philippe II s'est
écroulée dans les Deux-Mondes,
quoiqu'elle eût formé dans le sein de
la France le parti le plus formidable,
la ligue. Charles XII trouva le tom-
beau de sa gloire à Pultawa. Louis XIV
le trouva à Hoschtett. Les successeurs
de ces orgueilleux pontifes, qui s'ar-
rogeaient un droit universel sur les
couronnes, au nom du Ciel, qui re-
poussait avec horreur leur audace hy-
pocrite et sacrilége, les pontifes ont
été réduits à mendier, même auprès
des hérétiques, la conservation d'une
puissance précaire et plus nominale
que réelle.

Que reste-t-il du fameux et vaste
empire de Napoléon ? l'ancienne
France déjà démembrée, épuisée de
de dettes ; vingt peuples également
malheureux par de continuels revers,

et par une victoire qui a multiplié dans leur sein tous les germes de la discorde et des dissentions. Que reste-t-il du grand homme qui vit les rois et le monde à ses pieds? un impuissant prisonnier, un nouveau Prométhée livré au léopard et aux aigles sur le rocher où il est enchaîné.

L'histoire ne varie que le nom des hommes; la scène ne nous montre jamais que la perfidie, la violence, la cupidité, abusant de la victoire avec une froide inhumanité, et le vaincu qui, après avoir retrouvé des forces dans son désespoir, immole ses arrogans et cruels vainqueurs; ou les charge, au sein de leur ivresse, des mêmes fers qu'ils l'avaient forcé de porter.

Il y a 45 ans environ que l'esclavage et le grand démembrement de la Pologne ont commencé : la Pologne était seule et sans appui devant trois

énormes puissances armées contre
elle, soudoyant la division et la discorde dans son sein... La Pologne ne
comptait guère alors que dix millions
d'habitans, dont les dix-neuf ving-
tièmes étaient serfs; elle avait le plus
vicieux des gouvernemens, puisqu'elle
avait un roi électif, puisque le *veto*
d'un seul homme annullait la volonté
générale dans ses diètes.

La Pologne n'avait que du fer et
du courage, et, depuis un demi-siècle,
une foule de vils esclaves de l'étranger
trahissait et combattait dans son sein
les hommes libres.

Quelques héros seulement avaient
les généreux sentimens d'un patrio-
tisme désintéressé et un courage à l'é-
preuve des revers; un petit nombre
de Polonais avait les hautes pensées
d'une sage liberté... Pour la foule,
la liberté n'était que la licence, et bien
loin d'avoir des idées régulières et po-

sitives sur l'ordre social , elle n'en
avait pas, même les plus simples no-
tions : enfin la Pologne a vu massacrer inhumainement sa plus valeureuse
population.

Cependant , couverte de ruines ,
de cendres et d'ossemens humains ,
avilie, flétrie et entièrement démembrée, la Pologne n'a été que vaincue ,
elle n'a pas été soumise.

Honteusement, stupidement aban-
donnée par le cabinet de Versailles :
trahie, livrée par son lâche monarque, qui n'avait régné sur elle ,
pendant quelques années, que comme le facteur de ses ennemis, cachés
sous le masque perfide d'alliés ; épuisée plus tard d'hommes et d'argent
par un nouveau spoliateur qui n'eut
pas le sens de juger qu'en relevant le
trône de Varsovie il consolidait le sien
et rendait la paix à l'Europe pour des
siècles ; sacrifiée deux fois de nos jours

sur le Niémen , la Pologne avait néanmoins conservé le foyer sacré de l'a-
mour de la liberté ; les Polonais avaient
toujours une patrie , et au sein même
de l'ivresse de leur victoire fortuite, les
coalisés ont été forcés, par leur propre
intérêt, de rendre aux Polonais une
existence politique, sinon indépendante , au moins libre dans ses apparences.

Quel exemple plus frappant, plus
mémorable de l'inutilité des efforts et
des victoires d'une tyrannie conqué-
rante contre le besoin que les peuples
ont de la liberté ! Quel décret du
ciel, quel arrêt solennel contre ceux
qui formeraient le dessein d'enchaîner
30 millions de Français, et d'anéantir
ce beau pays défendu par les deux
mers, les Alpes, les Pyrénées, et la
vaillance de sa population !

Qui pourrait dire la profondeur
de l'abîme qui s'ouvrirait au milieu du

continent, si la France, si ces braves
auxquels seuls l'histoire accordera ses
couronnes immortelles, si cette pépi-
nière de héros et de grands hommes,
et surtout d'hommes généreux, pouvaient être anéanties ! ! !

Celui qui réduit un grand peuple
au désespoir, celui qui l'abreuve d'hu-
miliations, et qui, sans être en force
pour l'exterminer, lui impose, au sein
de la misère, des tributs qu'aucune
puissance vigoureuse et florissante ne
pourrait supporter pour ses propres
dépenses, celui-là trouvera toujours
sa ruine dans ses propres excès.

Le démembrement de la Pologne
a été la cause première (Frédéric l'a-
vait annoncé) de cette guerre atroce
qui a bouleversé les deux mondes ;
les spoliateurs de la Pologne ont porté
eux-mêmes le joug politique, et, sans
l'ambition insensée d'un homme, ils
seraient demeurés réduits à une nullité

paisible qu'eût consacrée et maintenue pour des siècles, le rétablissement de la Pologne.

Dans les souverains, le temps fait taire la vengeance, l'impuissance l'enchaîne, les fureurs s'usent dans leurs propres excès, ou au moins elles finissent avec l'homme.

Dans les nations, l'esprit de vengeance croît avec l'âge : la haine, transmise d'une génération à une autre, ne périt plus ; elle s'irrite avec les années : ses forces exercent contre les oppresseurs une gravitation occulte qui gagne chaque jour en intensité et en accélération ; les forces de l'opprimé s'accumulent insensiblement ; bientôt les digues que leur oppose la violence deviennent impuissantes : elles se rompent avec un épouvantable fracas, le torrent s'élance furieux et creuse inopinément des abîmes sous les pas des vainqueurs qui passent en un instant de leur profonde ivresse à l'affreux réveil de la mort.

Les conquêtes sont faciles à faire, parce qu'on y emploie toutes ses forces; elles sont difficiles à garder, parce qu'on ne peut employer, pour les conserver, qu'une partie de ses forces, » a dit un politique immortel, dont les pensées sont des décrets, car il a puisé toutes les vérités qu'il énonce dans le livre d'or de l'histoire.

Tels sont les décrets de ce roi des rois, dans la balance duquel vingt monarques ligués et triomphans à la tête d'un million d'esclaves dévastateurs, ne sont rien au prix d'un indigent qui a respecté les lois de sa justice.

En vain les conquérans osèrent, dans tous les siècles, invoquer son saint nom en tête de leurs actes de spoliation; en vain ils s'arrogèrent le titre sacrilége des représentans de Dieu sur une terre fumante du sang dont ils l'avaient abreuvée pour l'intérêt de leur ambition et de leur orgueil : le ciel repoussa toujours ces ennemis de l'humanité, il ne protége que les bras qui sont armés en faveur du faible et de l'opprimé : toute puissance qui renverse les lois de l'équité, qui foule aux pieds le droit des gens et de la nature, et qui plonge dans l'infortune les peuples qu'elle devait protéger, est *illégitime* et réprouvée par le ciel : devant lui, il n'y a de *légitime* que ce qui est *équitable.* »

Nous nous croyons dispensés d'ajouter quelque chose aux pensées que nous venons d'émettre, pour prouver que ce serait un acte de démence aux yeux des hommes, et un forfait que le ciel ne pourrait pardonner à ses auteurs, que d'entreprendre de s'emparer de la France et de la rayer, comme la Pologne, de la liste des puissances.

Aurais-je besoin d'appliquer à la *liberté constitutionnelle* ce que je viens de dire de l'indépendance au dehors?

La *liberté* est une enclume qui a usé bien des marteaux, et qui les usera tous, quelque trempe qu'on leur donne. La liberté fut donnée à l'espèce humaine par le ciel ; elle est impérissable.

Un grand peuple qui veut être libre et qu'on prétend asservir, ressemble à un grand arbre qu'on tenterait de renverser en l'attaquant par la tête avec des cordages bandés. Sa tête peut céder aux premiers efforts; mais il vient un moment où il se relève tout à coup....

M. S. S.

LES CONFESSIONS.

Vous me demandez, M. Michel, pourquoi je ne vous vois plus aussi souvent, pourquoi je ne vous envoie plus d'articles à insérer dans votre *Petit-Livre*. Je vais vous le dire, et vous allez voir que je n'ai pas cessé de tirer à la même corde que vous.

Une multitude de gens qui croyaient être dans le bon chemin, en suivant les pas de ceux qui firent de si beaux discours en 1815 et 1816, une multitude d'hommes de bien se sont effrayés pour eux-mêmes, en lisant vos extraits. « Je ne savais pas cela, » a-t-on entendu dire de tous côtés !!! C'est épouvantable !... Fuyons » les hommes qui ont machiné de pa-

« reilles choses ! ! ! Que nous étions
» simples ! . . . . . . »

J'ai profité de cette circonstance :
mes amis et moi nous sommes occupés
de *désensorceler*, comme vous dites, les
braves gens qui n'étaient qu'abusés; l'à-
propos était favorable, il importait de
ne pas le laisser échapper. Nous avons
pensé que ce serait rendre un service signalé à la patrie et au gouvernement,
que de favoriser, que d'exciter une dé-
fection si importante, et nous n'avons
pris aucun repos jusqu'à ce que nous
ayons utilisé les moyens qui étaient à
notre disposition, pour parvenir à un
but si désirable.

Je ne sais comment cela s'est fait,
mais la confiance s'est prononcée pour
moi au point que les visites, pour me
demander conseil, se sont tellement
multipliées que je me suis trouvé dans
l'impossibilité de m'occuper d'autre
chose que de les recevoir.

Ah ! monsieur Michel, combien
d'aveux secrets, combien de confiden-
ces importantes j'ai reçus ! ! ! Que de
perfidies, de noirs complots ont été
démasqués à mes yeux, par des hom-

mes franchement repentans, et qui rougissent aujourd'hui des fautes graves, mais étrangères à leur cœur, qu'on leur a fait commettre en trompant leur crédulité !

Quel abominable concert que celui des gens qui se sont associés de tous côtés pour troubler la France, pour la réduire à un tel degré d'épuisement qu'elle pût demeurer en leurs mains, comme une proie sans défense !

Je ne commettrai point d'indiscrétion en vous priant de publier quelques-unes des confessions que j'ai reçues; j'y suis autorisé par un grand nombre de ceux qui me les ont faites; d'ailleurs comme je ne désignerai personne, aucun n'aura le droit de se plaindre de moi, quelqu'un trouvât-il même que l'histoire d'un autre fût la sienne entièrement.

Ah! monsieur Michel, que n'étiez-vous auprès de moi, pour entendre les expressions de reconnaissance qu'on vous adressait; pour voir combien vous avez été utile au gouvernement et à votre pays, en publiant des événemens incon-

nus à la foule, en donnant des avertisse-
mens généraux qui ne heurtent personne
en face, et qui éclairent tant de bons
citoyens, jusques-là aveugles, et si
éloignés de croire qu'ils n'étaient que
des instrumens de guerre civile, de
désunion et de ruine, lorsqu'ils se-
condaient, dans un bon motif, tant
d'ambitieux dont ils n'auraient reçu,
plus tard, pour récompense, que mépris, dédain, arrogance et tyrannie.

Première Confession.

Monsieur, je suis dans un très-grand
embarras.

Vous savez ce que c'est que l'entraî-
nement de société, combien l'habitude
de voir les mêmes personnes rend
soumis à leur influence, comme on
se laisse facilement séduire par l'exemple de ceux avec lesquels on est accou-
tumé de passer sa vie, surtout lorsque
ces personnes sont riches, tiennent le
premier rang, et les meilleures maisons d'un pays.

Je suis né dans l'honnête bourgeoisie, mais avant la révolution je n'aurais pas été admis dans ce qu'on nommait la première société, et je voudrais bien n'y avoir jamais mis le pied.

Quand l'anarchie populaire est survenue, l'orgueil des *grands* de mon endroit a fait place à la peur ; ils ont tout fait pour se sauver de la terrible bagarre.

J'étais dans le district, j'étais assez bien vu de tous les meneurs du tems, quoique je ne partageasse point leurs excès, et ainsi j'avais une assez grande influence dans les affaires. Je m'en suis servi pour sauver les biens et les personnes autant que j'ai pu ; j'y ai sacrifié tout mon temps, et je me suis tellement occupé des affaires des autres, que les miennes en ont beaucoup souffert.

Quand le calme est revenu, il y avait encore bien des services à rendre, et j'en ai rendu autant que j'ai pu. Ceux que j'avais sauvés ou protégés se sont assez bien comportés avec moi, dans le principe, je dois le dire ; mais soit que la reconnaissance soit un trop lourd fardeau pour certaines gens., soit que le temps la mine insensiblement, lorsque le régime impérial a relevé tous mes anciens protégés, lorsqu'ils se sont raccrochés à la nouvelle cour ou à ceux qui y tenaient, comme ils ont vu qu'ils n'avaient plus besoin de moi, ils ont commencé à me montrer beaucoup moins de considération, et à exiger de moi du respect, tandis que jusque-là c'étaient ceux qui m'en avaient montré.

J'ai été sensible à tout cela; mais je me suis raisonné, j'ai vu que c'était la force de l'habitude qui les entraînait, ils n'étaient point encore malhonnêtes; je me consolais en pensant qu'ils me devaient tout, et que je ne leur devais réellement rien, et je me trouvais encore content. Je ne suis pas exigeant.

A la restauration, ils ont été en grande joie, et au lieu d'imaginer qu'ils ne se réjouissaient si fort que parce qu'ils comptaient sur le retour des anciens abus, qui leur étaient profitables, je me suis bonnement persuadé que leur joie, comme la mienne, venait de ce que le joug de l'esclavage était brisé, de ce que nous allions enfin avoir le bonheur

de vivre sous une monarchie constitutionnelle.

Cependant j'ai bientôt aperçu en eux
une tendance visible à la contre-révo-
lution ; mais comme j'étais hautement
constitutionnel , ils se cachèrent de
moi; d'ailleurs le projet de rétablir la
vieille aristocratie me paraissait tellement insensé, que je ne pouvais pas
croire qu'ils y tinssent long-temps, et
quand ils m'en parlaient, j'en riais, au
lieu de m'en fâcher.

Néanmoins chaque jour rendait nos
rapports moins agréables pour moi, et
j'éprouvais parfois des hauteurs qui me
blessaient et me donnaient à songer sur
l'avenir.

Je ne voulais point de places pour
moi-même, mais j'avais le désir d'avancer ma famille: toute la faveur venait de
ce côté-là; je dévorai donc, par intérêt,
mes propres chagrins; je n'obtins pas
ce que je voulais, bien loin de là; mais
j'en obtins une partie, à force d'impor-
tunité, et je me trouvai encore content.

Lorsque le malheur de 1815 arriva,
je vis nos grands s'humaniser de nouveau : c'est que la peur les avait repris,

c'est qu'ils se voyaient menacés, et pensaient qu'ils pourraient bien, comme dans un autre temps, avoir encore besoin de ceux qu'ils avaient dédaigné depuis onze mois.

Ils me revinrent tout-à-fait, et comme leur retour fut subit, et sans cause qui vînt de moi, comme ils descendirent tout à coup de la hauteur à une sorte d'humilité, je ne fus pas leur dupe, et je vis clairement qu'ils n'avaient d'autre mesure de leurs sentimens et de leur conduite que leur propre intérêt, qu'ils étaient souples quand ils avaient peur, et hautains quand ils croyaient n'avoir rien à craindre.

Je n'usai point de représailles avec eux; les représailles sont toujours iniques; je me donnai encore pour eux les mêmes mouvemens qu'en un autre temps, et je fis si bien, que dans ma ville, il n'y en eut aucun qui fut tourmenté pour le passé, quoiqu'il y en eût plusieurs qui eussent bien mécontenté le peuple.

Ils me renouvelèrent leurs louanges d'autrefois, et leurs belles protestations; mais aussitôt que les choses eurent

changé de face, se croyant plus fermement rétablis que jamais, ils retombèrent dans leurs habitudes dédaigneuses,
et ce qu'il y eut de pis, c'est qu'ils me
compromirent vis-à-vis des gens de ma
condition, ce qui indisposa ceux-ci
contre moi, au point qu'il y en eut qui
m'attribuèrent des destitutions dont je
ne m'étais jamais mêlé; car je ne suis
pas de ceux qui croient qu'on peut,
avec justice, renvoyer de leurs places
les citoyens sans les avoir convaincus
qu'ils en ont violés les devoirs, ou méconnu les obligations.

Vous savez quel commérage il y a
dans les villes de province; comme la
moindre accusation germe et produit
les animosités.

Après m'avoir ainsi compromis, et
visiblement à dessein, ceux qui m'avaient trahi si indignement, crurent
donc que je ne pourrais plus leur échapper, et que, repoussé ailleurs, il me
faudrait nécessairement me livrer tout
entier au parti qu'ils formaient, et en
devenir l'instrument.

On me proposa donc... (1); mais je n'etais pas homme à servir les haines, les passions, les projets ambitieux des gens que je regardais comme les ennemis de mon pays, et comme de véritables révolutionnaires, disposés à tout bouleverser s'ils y croyaient trouver leur avantage.

Je refusai donc tout ce qu'on me proposa: on en fut d'abord irrité, ensuite on me cajola; on me fit toutes sortes de belles promesses, puis on me menaça; mais je sus résister à tout.

Ah! Monsieur, si j'avais su tout ce que j'ai appris plus tard, en lisant la *Bibliothèque historique*, la *Minerve*, les *Lettres Normandes*, le *Post-Scriptum des Journaux*, et les ouvrages de messieurs *Fabvier*, *Sainneville*, *Durand* et *Lauze du Perret*, ainsi que le *Petit bonhomme Michel*, et cet excellent ouvrage de M. *Bérenger* sur la justice crimi-

(1) Je supprime plusieurs pages de cette confession; mais je les garde pour un temps où se porter accusateur avec pièces en main, ne sera plus être un calomniateur.

nelle; si j'avais su tout ce que j'ai lu là (ce qui m'en laisse bien encore à deviner) qu'il y a long-temps que j'aurais tourné le dos à un parti capable de faire ou d'imaginer de pareilles choses!

Mais il vaut mieux se repentir tard, que jamais : je vois bien clairement que je n'ai été entre les mains de ce parti qu'un instrument, et que si je m'étais abandonné à lui, comme il le désirait, que si je m'étais laissé fanatiser, j'étais perdu sans ressources ; car j'ai vu comme on a brisé ou désavoué ceux qu'on avait mis en jeu dans tous les complots, et je n'aurais pas été mieux traité que les autres , le sort de tous ceux qui s'attèlent au char des grands, étant toujours le même.

Oh! que notre âge offrira de belles leçons aux petits qui voudraient, plus tard, servir les ambitieux de l'aristocratie !

J'ai l'honneur de vous saluer.

Signé, ***, bon bourgeois des bords de la Vilaine.

DES RÉVOLUTIONNAIRES
DU SEIZIÈME SIÈCLE.

Il faut être doué d'une patience à toute épreuve pour entendre de sang-froid les accusations violentes qu'on ne cesse de faire contre le peuple français, en France même ; car on ne se contente pas dans les grands salons, d'accuser la génération présente, on a l'impudeur de représenter nos révolutions comme la suite d'un antique plan qui fut arrêté contre le trône, il y a plusieurs siècles par des chefs de révolte populaire.

Il est très-vrai que les peuples prirent parti dans le soulèvement contre Henri III et son immortel successeur ; mais on ne dit pas que ce furent les grands et le clergé qui poussèrent les Français à la rébellion pour leur intérêt ; on ne dit pas que leur but était de se partager la France, de concert avec l'étranger, et de substituer l'aristocratie républicaine à la monarchie.

Il est à remarquer que ceux qui furent les perturbateurs de la France, eurent toujours l'adresse de faire retomber sur la tête du peuple les accusations qu'ils méritèrent; et que les ennemis les plus opiniâtres, les plus audacieux du trône, usurpèrent constamment le titre de ses soutiens.

En sorte que le pauvre peuple, toujours tourmenté, entraîné aux armes malgré lui, toujours dépouillé, méprisé, souvent massacré, a continuellement été représenté comme l'ennemi implacable du trône.

Il y a beaucoup d'ignorance du côté de ceux qui sont aujourd'hui les diffamateurs du peuple. Celui-ci ne sait guère sa propre histoire; il demeure donc souvent sans réponse; or ne pas répondre à une accusation de ce genre, c'est, pour ainsi dire, reconnaître qu'elle est fondée.

Il faut imposer silence à la mauvaise foi; il faut forcer à rougir de leur perfidie ceux qui imputent au peuple des crimes qu'il n'a pas commis, des plans qu'il n'a pas faits, des guerres dont il ne fut que l'instrument forcé, des révoltes auxquelles les grands, le clergé, et leurs alliés du dehors le poussèrent. (1)

C'est dans ce dessein que nous mettrons sous les yeux de nos lecteurs quelques extraits de l'histoire. Ceux qui la connaissent aimeront à se la rappeler ; ceux qui l'ignorent y puiseront une instruction qui réglera leur jugement dans bien des circonstances où l'on tenterait de l'égarer : car il n'y a rien de nouveau sous le soleil, surtout en ambition et en misères publiques. On verra ce qu'il faut penser de cette antique monarchie qu'on a le

_____

(1) Il est à remarquer que dans toutes nos dissentions intestines les seigneurs ne manquèrent jamais d'appeler l'étranger, dont la politique fut toujours de nous tenir dans un état de troubles, à quoi il n'a que trop bien réussi ; ce qui fait que la France, si belle, si riche, si populeuse, n'a jamais pu atteindre à la prospérité à laquelle le ciel l'avait destinée. Je consacrerai ailleurs quelques articles à prouver que notre révolution a été directement provoquée par les anciens privilégiés.

front de nous vanter comme la monarchie de l'âge d'or.

Rien de plus louable en apparence
que le but mis en avant par les *ligueurs*.
Ils s'engagèrent par serment à sacrifier leurs vies et leurs biens pour la
défense de la religion catholique et du
roi Henri III, ainsi que pour la conservation des *prérogatives* du royaume.
Expression non définie qui prêtait à
l'ambition tous les prétextes dont elle
pouvait avoir besoin.

« Nous nous obligeons, juraient-ils,
» à tout sacrifier pour l'intérêt de la
» *sainte-union* et à poursuivre jusqu'à
» la mort ceux qui voudront y mettre
» obstacle. Tous ceux qui la signeront
» seront sous sa sauve-garde, et dès
» qu'ils seront attaqués, molestés ou
» recherchés, nous prendrons leur
» défense, même par la voie des
» armes, contre quelques personnes
» que ce soit. (Il y a eu des tems,
» comme l'on voit, où les royalistes
» n'exceptaient pas même le roi du
» nombre de leurs ennemis.) On
» élira au plus tôt un chef, auquel
» les confédérés devront une obéis-

» sance aveugle, sous peine d'être
» punis suivant sa volonté : nous fe-
» rous tous nos efforts pour procurer
» à la *sainte-union* des partisans, des
» armes et tous les secours nécessaires,
» chacun selon ses forces. Ceux qui
» refuseront de s'y joindre seront pu-
» nis, traités en ennemis, et poursui-
» vis les armes à la main. »

A ces moyens politiques on ajoutait
les moyens de la religion ; les curés,
et en général tous les ecclésiastiques
qui étaient conduits par les bons Pères
Jésuites, devaient tenir un rôle des
hommes en état de porter les armes,
et leur donner en confession des ins-
tructions secrètes.

Des agens parcouraient secrètement
les provinces pour former et inspecter
les enrôlés, et pour conduire chacun
dans la voie tracée par le chef de la
ligue.

On ne négligea rien pour s'emparer
des élections aux états-généraux, afin
de n'y avoir que des députés, non-
seulement dans les intérêts de la ligue,
mais ennemis acharnés des huguenots.

Des capitaines expérimentés furent

chargés de faire des levées d'hommes déterminés, et engagés, par serment, à faire en tems et lieu, et aveuglément, tout ce qui leur serait commandé par leurs chefs.

Il fut décidé que tous princes du sang qui feraient la moindre opposition dans les états-généraux aux projets arrêtés, seraient déclarés inhabiles à régner, et que la tête de tous autres opposans que les princes, serait mise à prix. Enfin, on arrêta d'obliger le roi par violence à *rétracter les paroles et les promesses* par lesquelles il s'était lié avec les huguenots, et à nommer le chef de la ligue *généralissime*.

Les soldats levés dans les provinces devaient prendre les armes à jour nommé : on devait enlever le duc d'Alençon, lui faire son procès, après quoi le chef de la ligue, maître des armées, aurait poursuivi à outrance les huguenots ; il se serait assuré des villes principales, il eût fait arrêter et les partisans du duc d'Alençon, et les hommes connus par leur opposition à la ligue : on eût renfermé le roi dans un monastère, et l'étranger, qui de son côté n'était occupé que du dessein de détruire la France, s'était engagé à fournir de l'argent et à faire une invasion avec une armée considérable.............

A l'assemblée des Etats, les ligueurs demandèrent impérieusement la révocation de toutes les conditions accordées aux huguenots, et qu'on leur déclarât la guerre à l'instant.

Feindre d'ignorer les desseins de la ligue, c'était la fortifier de toute la faiblesse royale : le conseil était divisé, le caractère d'Henri III l'éloignait de toute résolution forte, et le coup vigoureux qu'il eût fallu frapper pour sortir d'un si grand embarras, pour triompher d'un si grand danger, ce coup vigoureux ne fut ni frappé, ni même proposé.

Dans ces temps-là, les calculs de la politique royale ne pouvaient s'élever au-dessus de quelques jours : on ne voyait point l'avenir : on se rappelait à peine du passé qui avait plus d'un mois de date ; on ne voyait que le présent, et Henri III se déclara le chef de la ligue. Il signa, jura le pacte que nous avons donné plus haut ; il or-

donna à la France entière de s'y soumettre, et dès ce jour, il cessa effecti-
vement d'être roi, car il obligea une
partie de ses sujets à lui être rebelles,
et il se mit sous le joug des autres dont
la rébellion, masquée sous le n. m de
royalisme, était cent fois plus criminelle et plus dénaturée.

Henri III ne fut pas même un chef
de parti, il n'en fut que le simulacre ;
il ne fit, en reculant la difficulté que la
compliquer et la rendre plus grande :
les huguenots et les mécontens répon-
dirent à ses ordres qu'ils s'en tenaient
aux premières conditions, et ils se pré-
parèrent à la guerre.

Malgré la division du conseil, le parti
qui voulait la paix l'emporta : l'on né-
gocia, et l'édit de Bergerac fut rendu,
édit dans lequel furent insérées ces expressions si opposées au serment que
le Roi venait de faire à la ligue « Se-
« ront toute ligue, association et con-
« frairie faite et à faire sous quelque
« prétexte que ce soit, cassés et annu-
« lés : défenses sont faites expressément
« à nos sujets de faire dorénavant au-
« cuns enrôlemens d'hommes, ap-

« provisionnemens d'armes, etc. etc. »

Un roi qui rend un pareil arrêt sans frapper les chefs de la faction qu'il veut renverser, ne fait qu'enhardir les rebelles, en leur donnant la mesure de sa faiblesse. Henri III eût mieux fait de descendre du trône dont il était indigne il eût au moins échappé au poignard de Jacques Clément.

Il ne sera pas déplacé de donner ici une idée très-abrégée de la situation intérieure de la France à cette époque.

Les troupes du roi étaient infectées du levain de la ligue, et en les augmentant sous les chefs qui les commandaient, il ne pouvait qu'ajouter au nombre de ses ennemis armés. La ligue ayant su s'emparer de la plus grande partie des places et fonctions, les dangers et l'infidélité n'étaient pas moins à craindre pour le roi de ce côté.

Toute subordination, tout ordre, tout honneur, il faut le dire, étaient détruits dans le royaume. En changeant de parti, on était assuré de se faire absoudre de tous les forfaits ; ainsi chacun s'abandonnait au crime, sans frein, et l'on en était venu à ridiculiser la justice, à la couvrir de dérision et de mépris. On ne jugeait plus dans les tribunaux, on condamnait ou l'on absolvait au gré du plus fort. On ne se faisait pas la guerre régulière dans les provinces; les grands exploits consistaient dans le pillage, le meurtre et l'incendie.

Sous Henri III, l'histoire ne nous montre qu'anarchie, et quelle anarchie, grand Dieu! Les gouverneurs exécutent ou méconnaissent les ordres du roi, suivant leurs intérêts ou ceux de leur parti : les commandans militaires en font autant; leurs inférieurs ont peur, sont vendus ou cèdent au torrent qui les entraîne. Chaque bourgeois s'arroge une portion de l'autorité; les hommes du bas peuple en prennent eux-mêmes leur part: tout le monde a du pouvoir, tout le monde a la force en main; il n'y a que le prince seul qui n'en ait pas.

Toutes les ambitions sont insatiables, et l'on trouve à peine quelques hommes, même dans les derniers rangs, qui ne soient pas dévorés d'ambition.

Les mépris, les menaces, les calomnies, les accusations, les délations sourdes, les persécutions publiques et particulières, les vengeances furieuses avec leurs horribles démons, sont déchaînés sur la surface de la France, et contre chaque Français: c'est l'état de nature entre des enragés.

Cependant les *ligueurs* ne semblent craindre que pour leur sainte religion, et en soulevant les peuples, en livrant la France à l'étranger, et à la plus horrible conflagration, ils attribuent les malheurs inouïs dont ils sont les artisans, à la corruption des hommes, à l'incrédulité, à l'impiété, aux huguenots; ils affectent le plus honorable désintéressement : ils ne veulent rien pour eux, mais tout pour la sainte religion, pour le rétablissement de la paix intérieure, et s'ils sont armés contre le roi, c'est par amour pour lui, c'est par respect pour la royauté, c'est pour les arracher à la dépendance d'une odieuse et criminelle faction qui veut tout bouleverser dans le royaume!!!!

En ce temps-là la multitude, ignorante et superstitieuse, était en majorité du côté de la ligue!!!!...

A SON EXCELLENCE

M. LE DUC DE RICHELIEU,

Président du Conseil des Ministres.

MONSIEUR LE DUC,

Vous vous rappellerez sans doute les sentimens pénibles que j'éprouvai il y y a quelques mois, lorsqu'au retour d'une mission toute pacifique, les passions se déchaînèrent contre moi, quoique les résultats les plus évidens et les plus salutaires attestassent à la France entière et les intentions paternelles de S. M. en me chargeant de cette mission, et le but de mes efforts. Je pus mépriser les écrits obscurs qui furent répandus contre moi; je dédaignai même de répondre aux sorties violentes qui retentirent dans la Chambre des Députés; j'avais pour moi l'approbation publique et solennelle du

Roi, le sentiment d'avoir bien fait, et l'ardeur de mes amis à me défendre et à fixer l'opinion sur les circonstances qui caractérisent les événemens qui ont momentanément troublé la paix de la seconde ville du royaume. Aujourd'hui que la résolution généreuse que prit dans le tems le colonel Fabvier est un motif d'accusation contre lui; aujourd'hui que l'on veut mettre en question la véracité de ses récits, lorsque ces récits lui ont été inspirés par son amour du bien public et son attachement pour moi, je dois prendre la parole, et par mon assertion y ajouter tout le poids que je puis leur donner.

Les rapports que vous avez reçus de moi, M. le duc, lorsque toute la vérité m'a été connue, établissent tous les faits dont le colonel Fabvier a publié le tableau. Tout ce qu'il a écrit peut être justifié, et si jamais une enquête faite avec courage et impartialité constate aux yeux de la France ce qui s'est passé dans ce malheureux pays, on verra que de choses il aurait pu dire encore; et vous savez, M. le duc, que ce n'est pas la première fois que j'exprime le vœu de cette enquête. Beaucoup de gens ont paru blâmer les révélations faites par le colonel Fabvier, et ceux-là mêmes n'avaient pas trouvé mauvais des attaques injustes. Singulier privilége qui autoriserait l'attaque et proscrirerait la défense !

On s'est récrié contre la censure qui a été faite des actes d'un tribunal malheureusement trop célèbre. Je sais le respect que l'on doit à la chose jugée; mais lorsque les lois sont impuissantes pour réparer les iniquités, il faut que l'opinion en fasse justice, qu'elles lui soient signalées afin d'en prevenir le retour: ainsi, loin qu'il soit contraire aux intérêts de la société de montrer au grand jour ce triste monument des passions des hommes, cette manifestation est conforme aux devoirs d'un bon citoyen, et certes ce serait assurer la durée de leurs déplorables effets que de les enfouir au centre de la terre, comme certaines gens en ont exprimé le désir avec tant de candeur.

On a prétendu que c'était attenter à la dignité du gouvernement, que de signaler la coupable conduite de ses agens. L'honneur du gouvernement n'est pas dans l'impunité de ceux qu'il emploie. L'homme qui, revêtu d'un pouvoir en use dans un but différent de celui pour lequel il lui a été confié, l'homme qui en tolère un emploi condamnable, l'un et l'autre sont coupables. Dépositaires d'une portion de l'autorité royale, de cette autorité protectrice et salutaire à l'ombre de laquelle reposent les citoyens, ils sont responsables du mal qu'ils ont fait comme du mal qu'ils n'ont pas empêché; le dépôt qu'ils ont entre les mains est un trésor dont le bon emploi intéresse autant et encore plus le souverain que les citoyens · car si la victime d'une injustice est blessée dans ses droits, le souverain est menacé dans le premier de ses biens, dans l'affection de ses peuples.…. Et quelle épouvantable conséquence ne résulte-t il pas de la conduite d'agens faibles ou passionnés, de représenter aux yeux du peuple entier celui qui est dépositaire de la toute puissance comme incapable de protéger; et de représenter au prince le peuple que des souffrances ont blessé, comme son ennemi, quand au fond du cœur ce peuple ne demandait pour prix de sa fidélité et de son dévouement que la protection qu'il était en droit d'exiger, protection qu'il était également dans l'intérêt, dans les devoirs et dans les sentimens du monarque de lui accorder !

Pour combattre les assertions du colonel Fabvier, le général Canuel se prévaut du dédommagement très-léger que je demandais en sa faveur, en même temps que j'insistais sur la nécessité de son changement ; il ne devait voir dans ma conduite que mon impartialité et les incertitudes que j'éprouvais encore. La vérité ne se montre qu'avec lenteur au grand jour, et celui qui la cherche de bonne foi la contemple souvent pendant long-temps avant de la reconnaître. Ce n'est que plus tard que j'ai acquis les lumières qui ont fixé d'une manière absolue mon opinion sur les événemens de Lyon. Le général Canuel attaque en calomnie le colonel Fabvier ; il doit me comprendre dans son accusation, car je déclare ici solennellement que l'écrit qu'il attaque ne renferme que la vérité. Au surplus, si le général Canuel appelle devant les tribunaux tous ceux qui professent hautement la même opinion, il y fera comparaître la France presque entière.

Je vous demande pardon, M. le duc, de la publicité que je donne à cette lettre; vous rendrez justice au motif qui me décide, et vous êtes trop familier avec les sentimens d'honneur et de délicatesse pour ne pas l'approuver.

Je prie Votre Excellence de recevoir l'assurance de ma haute considération.

Le maréchal DUC DE RAGUSE.

Châtillon-sur-Seine, 1er. juillet 1818.

TRIBUNAL

DE POLICE CORRECTIONNELLE.

LA France entière a les yeux fixés sur le tribunal de police correctionnelle de Paris. Les écrits qui s'impri-

ment sur des matières politiques ; par-
tant presque tous de la capitale, ce
tribunal est appelé, par sa situation, à
jouer un rôle bien plus important que
celui auquel il était destiné par l'acte
constitutionnel ; effet de la loi transi-
toire sur la liberté de la presse.

Mai si, à la prochaine session du
corps-législatif, une loi est portée qui
règle, en définitif, le droit de publier
sa pensée ; qui détermine d'une ma-
nière précise les peines et les délits, en
cette matière, cette vive sollicitude qui
se manifeste au sujet des arrêts d'un
tribunal investi provisoirement d'un
si grand pouvoir, cessera tout naturellement. Cependant les arrêts reste-
ront, et il pourrait arriver, par suite
d'interprétations que la loi nouvelle
proscrirait, que des auteurs se trou-
vassent condamnés pour des délits qui
ne seraient plus des délits. Il me sem-
ble donc, si j'avais l'honneur d'être
juge au tribunal de police correctionnelle, et sans prétendre, toutefois,
donner des leçons à ces messieurs,
que je ne prononcerais jamais un jugement sans être frappé par cette consi-

dération. Ne vaudrait-il pas mieux
être en-deçà qu'en-delà de la loi qu'on
nous prépare Eh ! quelle loi ! en fût-il
jamais une que les vœux unanimes
de la France aient sollicité avec plus
d'ardeur ?

OUVRAGES NOUVEAUX.

Nous voudrions pouvoir rendre un
compte étendu des ouvrages que nous
allons recommander très-particulière-
ment à nos lecteurs : mais l'abondance
des matières et le nombre de nos pages
ne sont point en proportion ; nous
sommes donc forcés de ne dire que
quelques mots, là où nous aurions à
écrire bien des pages intéressantes en
les composant de citations.

Le *Catéchisme de la Charte*, par
M. Rey, avocat à Paris, ancien ma-
gistrat, est un ouvrage aussi fort de
principes, qu'il est adroit et ingénieux

dans les développemens. C'est un entretien d'un curé avec un grenadier. Ce cadre indique que l'ouvrage est à la portée de toutes les classes de lecteurs. Il fera penser les uns, il amusera les autres en les instruisant.

L'auteur, déjà si bien connu par son adresse énergique et prophétique au maître des cent jours, a été le défenseur du *Petit Livre* devant le tribunal correctionnel. Ceux qui ont lu son éloquent plaidoyer publié dans le tom. IV, verront si c'est par complaisance ou par justice que nous louons l'auteur du *Catéchisme de la Charte.*

Mémoires et consultation sur une question d'intérêt général.

Cette brochure est d'un grand intérêt relativement aux abus de pouvoir dans la garde nationale.

Les Archives navales, quatre parties. Après avoir acquis la conviction qui résulte des preuves sans réplique fournies par M. *Laignel*, capitaine de vaisseau, de toutes les injustices qui ont été commises envers des centaines d'officiers de marine, on voudrait pouvoir

douter encore, tant la certitude op-
presse.

Manuel électoral, par un homme
connu pour avoir beaucoup d'esprit,
des idées neuves, des méthodes dont
l'application aux objets d'utilité pourrait produire les améliorations les plus
marquantes dans plusieurs systèmes
importans (l'éducation publique, l'administration).

*Essai historique sur la Puissance tem-
porelle des Papes.* Dire que cet ouvrage
en deux vol. est à sa 4ᵉ. édition, que
son auteur est le respectable M. *Daunou* si célèbre par le courage et la sagesse de sa conduite dans nos assemblées, M. Daunou, l'un des hommes que
les Français éclairés que les vrais amis
de la liberté constitutionnelle désirent
plus de voir appeler à la chambre,
n'est-ce pas dire assez?

On regrette que l'ingénieux auteur
du *Post-scriptum des journaux* ait renoncé
à son entreprise; il travaille maintenant
au *Temple de la Gloire*, ouvrage de
longue haleine, mais auquel on prendra
un intérêt général en France et à cause
de l'objet en lui-même, et à cause du

talent connu de l'architecte. Nous annoncerons cet ouvrage aussitôt qu'il sera prêt à paraître.

M. *Laure de Peret* a sous presse la seconde livraison de son *Précis sur le Midi*; le public en jouira donc bientôt. Nous en avons pris communication, et nous ne craignons pas d'annoncer que l'édition sera bientôt épuisée.

M. *Durand* a publié sa troisième partie de *Marseille*, *Nîmes et ses environs*, et il a soutenu le beau et courageux rôle qu'il avait pris.

On doit espérer que son activité sera encore encouragée par ses succès.

Nous voudrions rendre un compte très-détaillé des deux ouvrages de MM. de *Sainneville* et *Fabvier* sur *Lyon en 1817*, et les atroces machinations auxquelles le département du Rhône a servi de théâtre ; mais le général Cannuel, s'étant, après de longues réflexions, décidé à attaquer ces messieurs en calomnie, leur défense devant achever de déchirer le voile, et ne pouvant que nuire à l'intérêt majeur qu'inspirera cette affaire mémorable, en la scindant, nous attendrons encore pour en publier l'ensemble, et pour ne pas séparer le but et les moyens, les causes et les effets.

Mais nous ne pouvons trop recommander la lecture des deux ouvrages de ces Messieurs, ni taire combien nous portons d'estime au colonel *Fabvier* qui, le premier, a eu le courage de déchirer un coin du voile qui cachait tant de criminels complots. Il restera au colonel la gloire d'avoir été le premier des Français à révéler des faits dont la connaissance n'a point porté le trouble dans les esprits, mais une vive lumière qui ne s'éteindra plus.

(Ces ouvrages se trouvent tous chez Poulet, imprimeur-libraire, quai des Augustins, n°. 9.)

LE CORRESPONDANT ÉLECTORAL. —

Prospectus. — Avis aux électeurs.

MM. les Électeurs (qui seront convoqués cette année) et tous les citoyens qui prennent aux élections l'intérêt qu'elles réclament, sont in-

vités à vouloir bien adresser au bureau
de *la Bibliothèque Historique* (1), leurs
vues, opinions et observations sur les
élections de 1818.

Ces observations devront avoir pour
objet d'indiquer les moyens d'obtenir
des choix conformes au vœu et à l'intérêt national ;

D'éclairer les amis du bien public
sur les manœuvres contraire à ce but;

De mettre en lumière les titres des
candidats ;

En un mot, de fournir des documens positifs sur les choses et sur les
personnes.

Ces documens, transmis de tous les
départemens, serviront de matériaux
pour un ouvrage qui paraîtra sous le
titre de *Correspondant électoral.*

Le Correspondant Électoral établira
une communication rapide entre les
Électeurs qui doivent exercer leurs
droits cette année. Il portera à chacun
les opinions de tous, et tendra à assu-

_____

(1) Rue Neuve des Petits-Champs, n°. 83.

dans les démarches, l'accord qui existe dans les intentions.

La publication de cet ouvrage uniquement destiné à concourir au meilleur succès des élections prochaines, commencera le 15 juillet, et finira à la clôture des assemblées.

Elle se fera par cahiers, d'une ou de deux feuilles, qui paraîtront à des époques indéterminées, mais aussi rapprochées que l'exigeront les circonstances et l'intérêt du moment.

Conditions et prix de la souscription.

Le Correspondant Electoral formera un volume de vingt à vingt-cinq feuilles; le prix du volume sera pour les souscripteurs de 4 fr. 5o c. franc de port.

La souscription et la correspondance doivent être adressées au bureau, rue Neuve des Petits-Champs, n°. 83.

FIN DU TOME VII.

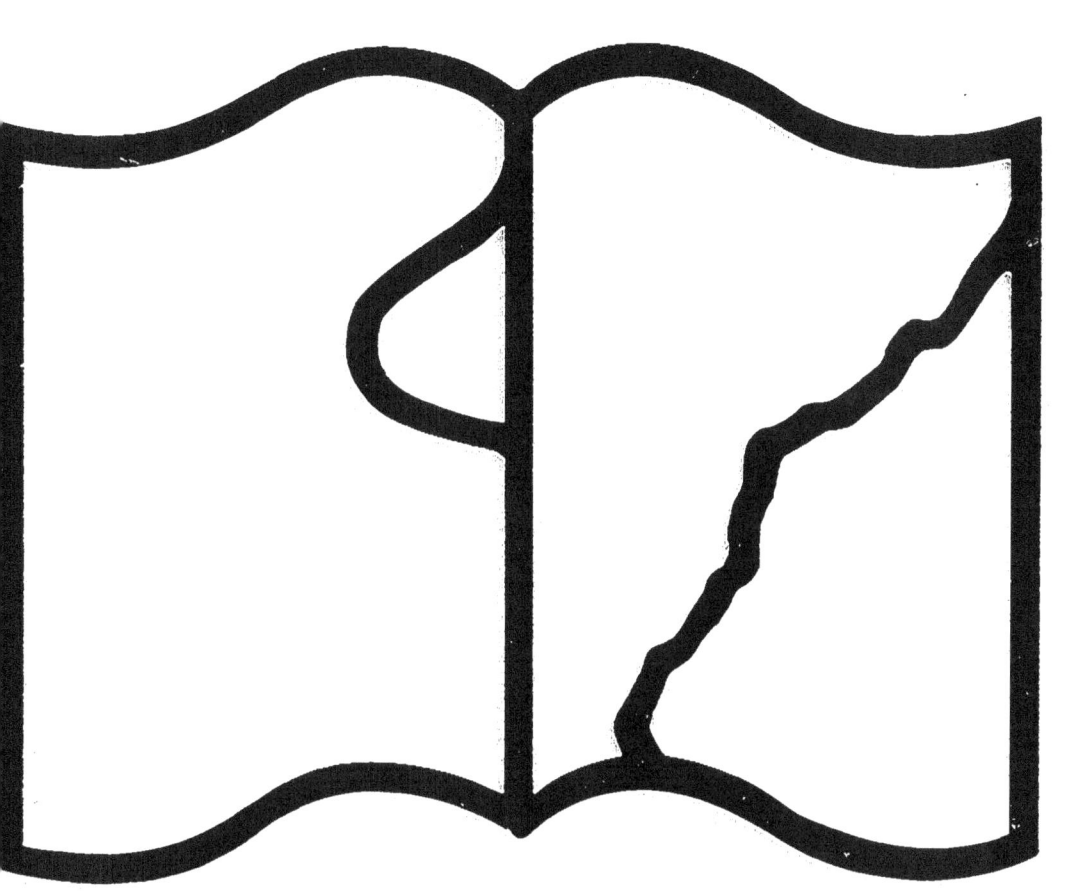

Texte détérioré — reliure défectueuse

NF Z 43-120-11

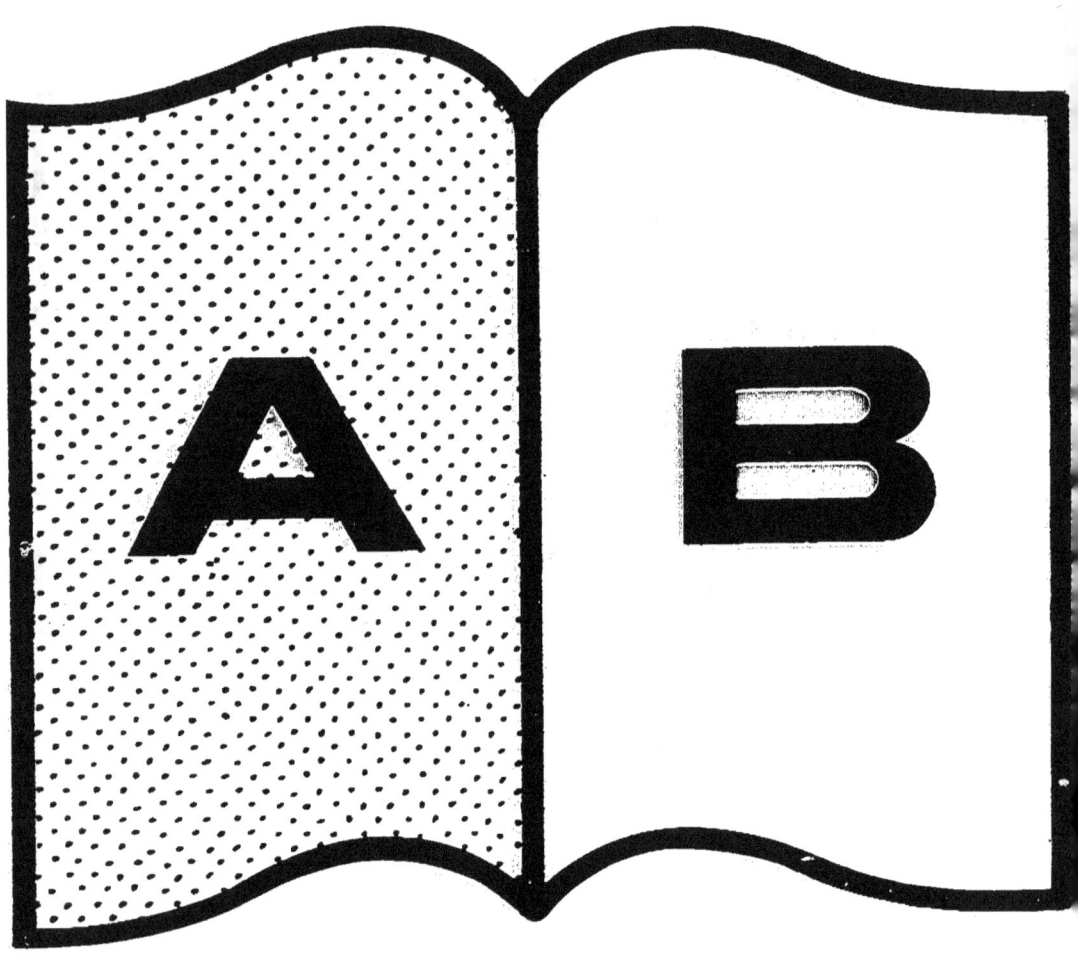

www.ingramcontent.com/pod-product-compliance
Lightning Source LLC
Chambersburg PA
CBHW060841250626
47162CB00005B/2134